Copyright © 2016 Autêntica Editora
Texto © 2016 Cristiana Athayde
Ilustrações © 2016 Sônia Magalhães

Todos os direitos reservados pela Autêntica Editora. Nenhuma parte desta publicação poderá ser reproduzida, seja por meios mecânicos, eletrônicos, seja via cópia xerográfica, sem a autorização prévia da Editora.

Edição geral
Sonia Junqueira

Projeto gráfico
Sônia Magalhães
Carol Oliveira

Revisão
Maria Theresa Tavares

Diagramação
Carol Oliveira

Dados Internacionais de Catalogação na Publicação (CIP)
(Câmara Brasileira do Livro, SP, Brasil)

Athayde, Cristiana
 O silêncio de Alice / Cristiana Athayde ; ilustrações Sônia Magalhães. – 1. ed. – Belo Horizonte : Autêntica Editora, 2016.

 ISBN: 978-85-513-0071-8

 1. Ficção - Literatura infantojuvenil I. Magalhães, Sônia. II. Título.

16-06960   CDD-028.5

Índices para catálogo sistemático:
1. Ficção : Literatura infantil 028.5
2. Ficção : Literatura infantojuvenil 028.5

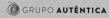

Belo Horizonte
Rua Carlos Turner, 420
Silveira . 31140-520
Belo Horizonte . MG
Tel.: (55 31) 3465-4500

Rio de Janeiro
Rua Debret, 23, sala 401
Centro . 20030-080
Rio de Janeiro . RJ
Tel.: (55 21) 3179-1975

São Paulo
Av. Paulista, 2.073,
Conjunto Nacional, Horsa I
23º andar . Conj. 2301 .
Cerqueira César . 01311-940
São Paulo . SP
Tel.: (55 11) 3034-4468

www.grupoautentica.com.br

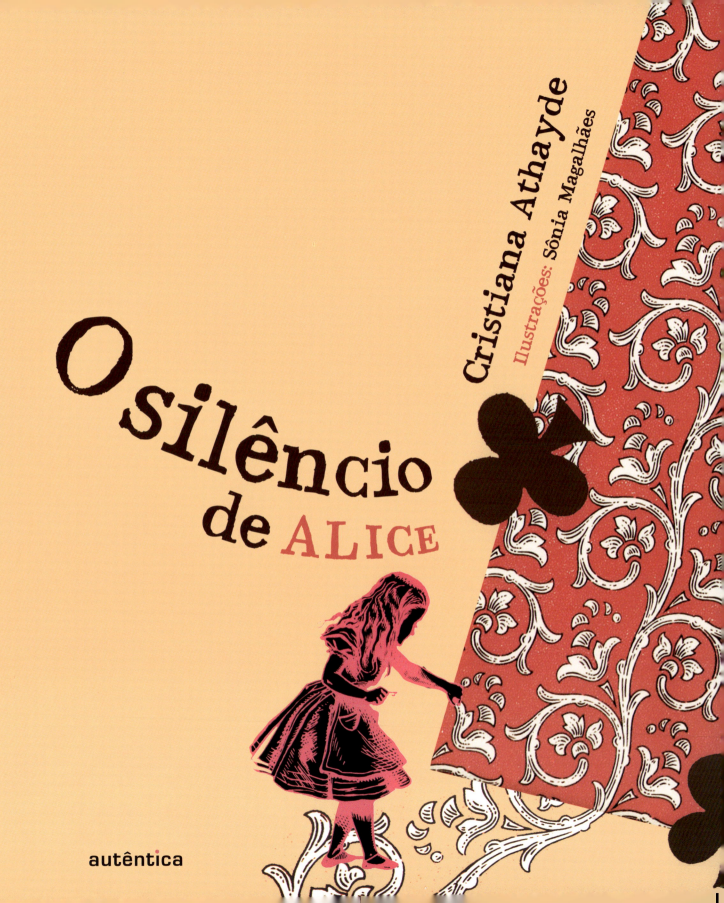

Esta é a história de Alice, também conhecida como Lili, uma menina que passou muito, muito, muito tempo sem falar com ninguém. Tímida e com vergonha de tudo, achava que a pior coisa do mundo era ter que falar. Não gostava de dar bom dia ou boa noite, de dizer que estava com sono, com fome, com sede, com preguiça... Lili tinha vergonha até mesmo de pedir mais um pedaço de bolo para a própria mãe.

Ela já estava com 6 anos e não gostava nem um pouco de ser tão envergonhada. Sentia as mãos suarem, o rosto corar e o coração palpitar toda vez que falava com alguém.

Uma noite, no final do jantar, Lili decidiu se calar para sempre.

– Só mais um pedaço – ela disse.

"Só mais um pedaço de bolo", ela quis dizer. Era seu bolo preferido, o bolo de cenoura com calda de chocolate mais delicioso do mundo, um bolo como apenas sua mãe sabia fazer.

— Já chega, Alice! — respondeu a mãe, que, se não estivesse brava, a chamaria pelo apelido. — Você já comeu três pedaços, vai ficar com dor de barriga.

Depois disso, Lili, que não era gulosa nem mimada, ficou chateada e subiu para o quarto. Deitou-se na cama e sentiu a barriga cheia. "Mamãe tem razão", pensou, "se eu comesse mais bolo ia ter dor de barriga...". Em seguida, enfiou a mão debaixo da cama e pegou um livro de capa dura que tinha guardado ali.

Aventuras de Alice no País das Maravilhas & Através do espelho e o que Alice encontrou por lá. Seu livro favorito. Além de ter seu nome na capa, havia outras palavras interessantes no título, como "maravilhas", "aventuras" e "espelho".

Lili tinha ganhado o livro de presente no aniversário de 4 anos. Desde a primeira vez que ouviu a história, imaginava como seria ser a outra Alice. Imaginava-se diminuindo e aumentando de tamanho, conversando com criaturas fantásticas ou se transformando em peça de um jogo de xadrez.

Mas, fora o nome e o fato de serem meninas, as duas Alices não tinham nada em comum. A do livro era loira e de cabelos compridos, enquanto Lili tinha cabelos curtos e pretos, com cachinhos nas pontas. A Alice do livro era extrovertida, tagarela e cheia de coragem para se aventurar; Lili era tímida, envergonhada e tinha medo de encarar os acontecimentos mais simples da vida. A Alice da história adorava conhecer novos lugares e países distantes, mas o lugar preferido de Lili era o próprio quarto, onde ela passava horas e horas sozinha, pensando, lendo ou desenhando.

Na noite em que decidiu parar de falar, Lili pôs o livro em cima da cama e virou-se de bruços. Abriu exatamente na página em que Alice come um pedaço de bolo e começa a crescer. "E se isso acontecesse comigo?", pensou.

Logo depois, adormeceu.

No dia seguinte, Lili fez o que prometera e não deu nenhum pio. O pior é que ninguém reparou em seu silêncio: a família estava acostumada com seu jeito tímido. Até quando ela falava era difícil entender o que dizia, pois sua voz saía muito baixinha.

A situação se repetiu por vários dias e noites, até perceberem que Lili estava quieta demais. A primeira a notar foi sua mãe, que começou a perguntar toda hora:

– Você está bem? Está com dor de garganta? Alguém brigou com você? Quer comer alguma coisa?

Mas Lili apenas respondia mexendo a cabeça, virando-a para cima, para baixo, de um lado para o outro. Com o tempo, a mãe deixou de se preocupar e parou com as perguntas. Na verdade, acabou perdendo a paciência com aquela mania de Lili de nunca falar com ninguém.

Todas as noites, quando subia para o quarto, Lili repetia os mesmos movimentos. Deitava-se na cama, olhava para o teto, passava a mão na barriga e pegava o livro *Alice no País das Maravilhas*.

Certa vez, dormiu com a cabeça sobre uma página com ilustrações e só acordou, bem mais tarde, com um zumbido fazendo cócegas em seu ouvido.

Lili levantou o rosto e não viu ninguém. Achou que estivesse sonhando.

Fechou o livro, mas quando estendeu o braço para guardá-lo, sentiu algo cutucando sua mão. De repente, foi puxada com tanta força que caiu da cama, fazendo um barulhão. Mal teve tempo de se recuperar do susto e, sem saber o que estava acontecendo, foi parar inteirinha embaixo da cama. Lili quase, quase gritou por socorro.

Ali embaixo era apertado e escuro. Ela tentou se arrastar para fora, mas de nada adiantou, até que sentiu algo se movendo exatamente no buraquinho do umbigo.

– Olhe! Aqui no seu umbigo! – disse uma voz fininha.

Lili tentou esticar o pescoço. Sentiu várias cutucadas na barriga e conseguiu ver algo se movendo sobre o pijama. Arregalou os olhos para ter certeza de que aquela criaturinha estava realmente falando com ela.

– Sou Alice. Muito prazer – disse a outra Alice com toda a educação.

Assustada, Lili nem se mexeu. Continuou com o pescoço esticado, olhando em direção ao umbigo, enquanto Alice andava por sua barriga e falava sem parar:

– Você não vai falar nada? Será possível que um gato realmente comeu sua língua? Você tem um gato? Por favor, diga alguma coisa...

– Não posso – murmurou Lili. – Não gosto muito de falar, ainda mais com estranhos.

– Entendo – respondeu Alice, subindo um pouco mais na barriga de Lili. – Mas eu não sou uma estranha. Você sabe tudo sobre mim. Já leu minha história umas cem vezes...

– Sabe o que é? Não quero mesmo falar nada, porque resolvi que nunca mais vou falar com ninguém. Sou muito envergonhada... E acho melhor eu ir embora, não sei o que está acontecendo. Você é tão pequena, como conseguiu me puxar aqui pra baixo?

– Eu não queria incomodá-la.

Não sabia que você estava proibida de falar. Eu queria apenas conversar um pouco. Podemos ficar amigas, não vou contar nada pra ninguém. Mas se você preferir continuar em silêncio... – dizendo isso, Alice levou as mãos para trás e deu alguns passinhos de volta para o livro de onde tinha saído.

— Espera! Se você prometer guardar segredo, eu posso conversar mais um pouco. Que engraçado, quando falo com você, não sinto nenhuma vergonha — disse Lili com uma ponta de alívio.

Alice virou-se num pulo, fazendo mais cócegas. Abriu um sorriso satisfeito e começou a tagarelar novamente:

— Fico muuuuuito feliz! Você não imagina como é bom falar com alguém da minha idade, uma menina de verdade. Me diga, o que você gosta de fazer?

— Eu tenho um cachorro. Adoro brincar com ele. Também adoro desenhar e ler livros. E o meu livro preferido é esse aqui — respondeu Lili apontando para a capa do livro de Alice.

— É uma história e tanto, você não acha?

— E como você teve coragem de passar por tantas coisas, de falar com as criaturas mais malucas e até de enfrentar a rainha? Você não teve medo do gato que sumia e aparecia de repente? Ou de ter que declamar poesias enormes sem errar uma palavrinha? Às vezes eu fico pensando... queria tanto ser como você!

— É verdade, eu não tive medo de nada, nadinha. Porque minhas aventuras aconteceram no meu sonho.

— Sabe de uma coisa? — falou Lili, desconfiada. — Eu é que devo estar sonhando... Estou embaixo da minha cama, falando com a Alice do País das Maravilhas... Acorda, acorda, Lili! — esfregou os olhos com força e tentou se arrastar para fora novamente.

— Aonde você vai? Bem agora que eu consegui fazer você falar?

Mas, dessa vez, Lili não deu ouvidos aos pedidos de Alice e escapou rapidamente. Levantou-se e olhou em volta para se certificar de que ainda estava no quarto. Sacudiu a cabeça, abriu e fechou os olhos várias vezes e só então criou coragem para espiar embaixo da cama novamente. Abaixou-se e viu o livro aberto na página 45.

Já era tarde. A casa estava em silêncio. Lili resolveu tentar dormir antes que levasse a maior bronca por ainda estar acordada.

Passaram-se vários dias depois daquele acontecimento estranho. Lili tinha absoluta certeza de que a conversa com Alice não tinha passado de invenção de sua imaginação.

A família estava preocupada com seu silêncio fora do normal. Lili ouviu uma conversa dos pais dizendo que a melhor coisa a fazer seria levá-la ao médico. Ela detestou a ideia e correu para o quarto.

Deitada de bruços, deixou a cabeça tombar para baixo, exatamente no vão entre a cama e o chão. Deu uma espiadela e avistou seu livro de capa dura aberto na mesma página de dias atrás.

Antes que pudesse sequer pensar em pegar o livro, sentiu um apertão. E lá se foi Lili para baixo da cama novamente, dessa vez puxada pelo nariz.

– Ai, ai! – disse, muito brava, assim que se viu no escuro sob a cama. – Você me machucou de verdade!

– De verdade? Obrigada. Se eu machuquei você de verdade, é porque eu sou de verdade.

– Isso não importa. Meu nariz está doendo muito, você apertou bem na pontinha.

– Sabe de uma coisa, Lili? Eu não esperava que uma menina tão envergonhada ficasse tão brava. Só porque está de mau humor, desconta tudo em cima de mim? Não acho justo.

– Desculpe, Alice, é que doeu muito.

– Peço desculpas também. Agora, me diga: por que você sumiu e não veio mais aqui?

Lili pensou em dizer simplesmente que estava assustada com a situação. Como acreditar que agora falava com Alice, a personagem da sua história favorita? Mas, não querendo magoar sua nova e talvez única amiga, disse apenas que andava ocupada.

– Muita lição de casa. E todos os dias brinco um tempão com meu cachorro, o Zeco. Quer saber da última? Minha mãe acha que eu tô doente, disse que vai me levar ao médico.

– Qual é a sua doença?

– Eu NÃO estou doente! Será que nem você entende isso? Estou quieta, mais quieta do que nunca. Eu odeio falar e perceber que estão me olhando. Ninguém mandou ficarem me pedindo pra falar com gente que eu nem conheço. Ou com quem eu conheço, mas não estava a fim de falar... Resolvi que não falo mais nada e pronto. Só isso!

– Mas por que é tão ruim falar com alguém?

– Eu sinto V-E-R-G-O-N-H-A! Meu coração bate rápido e forte, fico suando, fico vermelha. É uma sensação péssima, ninguém entende como isso é chato...

Alice ouviu o desabafo de Lili e ficou encafifada, pois ela, ao contrário, simplesmente adorava conhecer gente nova. Poderia conversar sobre qualquer assunto. Se não soubesse as respostas, inventava, e na maioria das vezes ninguém se importava. Além do mais, sabia ser gentil e encantadora.

As duas ficaram em silêncio por alguns minutos. Lili se distraiu olhando as figuras da página 45 do livro. Apertou os olhos para tentar enxergar melhor no escurinho embaixo da cama e exclamou, apontando a ilustração:

– Tá faltando uma coisa aqui! É você, Alice! Você não está mais no livro. Olha, tem um espaço em branco!

– Minha querida Lili, não posso estar em dois lugares ao mesmo tempo.

– Então é verdade?! Você saiu do livro?!

Alice olhou de lado e sorriu, colocando as mãos para trás, como costumava fazer.

Nesse instante, ouviram a porta do quarto se abrindo. Era a mãe de Lili:

– Você está pronta? Não podemos nos atrasar.

Lili se arrastou para fora da cama e encarou a mãe com olhos de "por favor, eu não quero ir". Mas não teve jeito, e, meia hora depois, Lili estava sentada na sala de terapia.

Na verdade, os pais de Lili tinham decidido levá-la a uma psicóloga e não ao médico. No começo, Lili achou a moça simpática e sorridente. Só não gostou quando ela começou a lhe fazer um monte de perguntas. Lili nem se deu ao trabalho de responder.

Durante uma hora inteira, ficou sentada, com as mãos embaixo das pernas, olhando tudo a sua volta. Era uma sala pequena, mas cheia de coisas. As paredes estavam pintadas de verde-água bem clarinho. Havia almofadas pelo chão, um tapete colorido e uma mesa com duas cadeiras azuis. Sobre a mesa, vários potes com lápis e canetas, folhas de papel, cola e tesoura. Num canto da sala, uma caixa com jogos e blocos de madeira. Do outro lado, uma pequena estante com brinquedos, carrinhos, bonecas e bonecos de todos os tipos. Mas Lili não saiu do lugar nem mexeu em nada.

Na segunda vez que foi à terapia, Lili resolveu sentar-se na cadeira azul, perto da mesa com os lápis e papéis. A psicóloga a olhava, inclinando a cabeça para um lado, depois para o outro, e falava algumas coisas para Lili. Mas ela não prestava muita atenção.

Na terceira vez, a menina teve uma ideia. Como não tinha relógio, resolveu marcar o tempo contando os números do começo ao fim da sessão. Contou até mil, depois dois mil, e cansou... O tempo demorava tanto a passar que ela achou que teria que contar até cem mil até chegar a hora de ir embora.

Uma noite, ouviu seus pais dizendo que a psicóloga nunca tinha conhecido alguém que passava tanto tempo sem dizer uma única palavra. Por isso, na décima vez que foi à terapia, Lili resolveu colaborar. Ela gostava daquelas visitas e estava morrendo de vontade de usar as novas tintas que tinham aparecido na mesinha. Lili chegou alegre, mas silenciosa como de costume. Sentou-se na cadeira azul e, sem dizer palavra, esticou o braço para alcançar um pincel.

Fez várias pinturas, sujou-se inteirinha. Depois, lavou as mãos numa pia baixinha e voltou para a cadeira. Pelas suas contas, ainda faltava um tempo para a sessão terminar, então resolveu fazer mais um desenho.

Pegou uma folha branca e um lápis grafite. Quando terminou, olhou o papel e sorriu para a psicóloga. Foi o sorriso mais feliz que Lili tinha dado nos últimos meses.

Mostrou o desenho e o entregou. Lili ganhou um beijo de agradecimento e saiu. Aproveitando o embalo, sorriu também para a mãe, que a esperava do lado de fora.

Mas ela nem percebeu.

Naquela noite, depois do jantar, Lili deitou-se na cama e fez o que não fazia há algum tempo. De barriga para baixo, espiou com o rabo do olho para ver se o livro da Alice continuava por ali. Um cachinho de cabelo escorregou num lado de seu rosto.

Quando sentiu um puxão doído, Lili pensou: "Deve ser ela...". Esticou o corpo em direção ao chão e, de supetão, foi puxada para baixo. Cócegas por toda a barriga... e lá estava Alice, com os bracinhos para trás, encarando Lili.

– Você sumiu. Fiquei preocupada. O que foi, dessa vez? Lição de casa, levar o cachorro para passear, foi ao médico... Você estava doente?

– Olha, Alice, eu já disse que não estou doente!

– Mas foi você quem falou que seus pais queriam levá-la ao médico.

– Minha mãe me levou a outro lugar. Toda semana, eu vou na terapia.

– Terapia? Onde fica isso?

– É uma sala com parede verde-água, cheia de brinquedos e coisas pra desenhar. E tem uma moça, uma psicóloga, que conversa comigo.

– Então, você arrumou uma nova amiga. Por isso, não veio mais aqui...

– Ela não é minha amiga. Ela é adulta e minha mãe disse que é uma pessoa que vai me ajudar. Por causa da minha mania de não falar.

– E ela ajudou você? Você fala com ela?

– Não. Mas hoje eu fiz um desenho e dei pra ela. Sabe o que eu desenhei?

Alice fez que não com a cabeça.

– Eu desenhei nós duas. Eu e você. Desenhei você de vestido azul e avental branco, cabelo amarelo, liso e bem comprido. E eu, de calça jeans, camiseta de florzinha, cabelo preto com cachinhos. Ah, e a gente tava de mãos dadas, no desenho.

Alice suspirou:

— Deve ter ficado lindo!

— Ficou mesmo. Eu adoro desenhar. Vou fazer outros desenhos nas próximas vezes que eu for lá. E vou trazer um pra você. Quer?

— Claro que sim. Obrigada, obrigada, obrigada! — disse Alice, pulando sobre a barriga de Lili fazendo-a rir sem parar.

Algumas semanas se passaram, e Lili estava pronta para ir à terapia quando a mãe veio com a notícia:

— Lili, hoje você não vai, nem amanhã, nem depois. Eu e o papai resolvemos que não adianta perder tempo e dinheiro com terapias se você continuar calada. Vamos ter que resolver seu problema de outro jeito. E espero sinceramente que você ajude um pouco mais.

Lili não soube o que fazer. Teve vontade de chorar de tristeza. Justamente naquele dia tinha planejado se sentar na cadeira azul e fazer um desenho lindo para Alice.

E o mais importante: tinha combinado com Alice que falaria com a psicóloga. Apenas "oi" e "tchau", mas já era alguma coisa.

— Você entendeu, Lili? — falou a mãe, irritada.

Lili balançou a cabeça afirmando que sim. Correu para o quarto e nem esperou ser puxada: escorregou para debaixo da cama e quase esmagou Alice, que estava distraída, sentada sobre o livro, declamando um dos seus poemas preferidos.

— Puxa, você foi rápida. Trouxe meu desenho?

Lili encarou a amiga com olhos tristes:

— Acabou. Não vou mais na sala com parede verde-água. Minha mãe disse bem assim: "Vamos ter que resolver seu problema de outro jeito" — Lili imitou a voz irritada da mãe, fazendo Alice soltar uma gargalhada. — Por que você tá rindo? Não é engraçado. Você esqueceu que eu ia falar "oi" e

"tchau" justo hoje? Bem feito. Agora é que não falo mesmo, nada, nadinha, nadinha!!!! Nunca mais!!!

Alice estava impressionada com a braveza de Lili, que não parava de falar:

— E o desenho que ia fazer pra você?

— Não me diga que o único lugar do mundo em que você pode desenhar é a sala de parede verde-água. Por favor, desenhe no seu quarto mesmo.

Nesse momento, as duas ouviram a porta do quarto se abrindo. Sentiram algo se aproximar, e logo o focinho do Zeco apareceu no espaço entre a cama e o chão.

— É o Zeco, meu cachorrinho.

— Você quer dizer cachorrão — respondeu Alice. — Minha gata é bem menor e mais macia também. E muito mais cheirosa.

— Não fala assim, ele vai ficar chateado. Tchau, Alice. Vou brincar com o Zeco no jardim.

Lili se arrastou para fora e deu um abraço apertado no cachorro. Ganhou uma lambida de volta e viu o rabo dele balançar muito rápido.

— Também tô feliz de te ver, Zeco — disse Lili, sentindo o rabo do cachorro raspando na perna. — Vamos brincar lá fora? Não vou mais sair hoje.

Embaixo da cama, Alice ouviu tudo e pensou: "Quem foi que disse que não ia falar nada, nadinha, nunca mais?".

Lili passou o resto da tarde no quintal com o Zeco. Distraída, não percebeu sua mãe se aproximar enquanto falava com o cachorro:

— Zequinho, você também viu a Alice, não viu? Sabia que ela mora embaixo da minha cama? Ela saiu do meu livro. Não é estranho? Ela saiu de dentro do livro, inteirinha. Sabia que eu sempre converso com ela? Mas isso é segredo, viu?

Zeco olhava primeiro para Lili e depois para o próprio rabo. Lambia as patas, rolava no chão e, com o focinho, empurrava uma bola de borracha na direção dela. Lili devolvia a bola e continuava falando:

– Eu confio em você, Zeco. Não conta pra ninguém...

Nesse instante, Lili ouviu a voz da mãe pertinho do ouvido:

– Posso saber que segredo é esse?

Lili fechou os olhos, apertou os lábios e respirou fundo. Nem teve coragem de virar o rosto e encarar a mãe. Fazia meses que não falava com ninguém. A não ser com Alice e, a partir de agora, com o Zeco.

Além disso, estava muito triste porque a proibiram de continuar na terapia. Não deixou escapar mais nenhuma palavra na frente da mãe. Fingiu que nada havia acontecido e jogou a bola com toda a força para o outro lado do jardim.

Zeco correu para pegar e, quando voltou, Lili o abraçou com força, enfiando o rosto nos pelos fofinhos. Não disse mais nada e obedeceu à mãe quando ela a mandou tomar banho.

De pijama, esperando a hora do jantar, Lili se deitou no tapete do quarto. Pegou os lápis de cor e algumas folhas em branco. Esticada no chão, desenhou até cansar. Quando acabou o último desenho, o mais colorido e caprichado de todos, sentiu algo pinicando a sola de seu pé. Rapidamente, foi puxada para debaixo da cama.

– É pra mim? – perguntou Alice, apontando o papel que Lili tinha nas mãos.

– Sim, pode ficar pra você.

A folha era bem maior que Alice, e ela começou a caminhar sobre o desenho fazendo comentários:

– Que belas flores! Que jardim maravilhoso! Que lindo arco-íris!

De repente, parou e fez uma careta:

– E essa menina? Olha, você se esqueceu de desenhar a boca.

– Deixa eu ver – falou Lili, apertando os olhos para enxergar melhor. – É mesmo! Eu nem percebi.

– Mas a outra menina do desenho tem boca. E é linda!

– Essa menina é você, Alice.

– Oh! Muito obrigada por me fazer tão bonita e colorida. E a outra menina, a sem boca, quem é?

Lili nem teve tempo de responder, e Alice continuou:

– Vou adivinhar: camiseta de florzinhas, cabelos pretos com cachinhos, olhos tristes... parece alguém que eu conheço.

– Então, adivinhou. A menina sem boca sou eu. Guarde o desenho com você, preciso descer pra jantar.

Alguns dias depois, Alice puxou Lili para debaixo da cama assim que ela chegou da escola. Descobrira que, além de não ter coragem de falar com as pessoas, Lili também não fazia a boca quando se desenhava.

Lili não ia mais à tal da terapia, mas os pais estavam cada vez mais impacientes.

O irmão mais velho não se importava com ela. Por isso, só lhe restavam os conselhos de Alice:

– Lili, escute bem. Eu acho que você devia fazer um teste. Um teste pra falar de novo com todo mundo, e não apenas com o Zeco.

– Eu ia falar com a psicóloga, mas nunca mais vou voltar lá. Perdi a chance.

Alice respondeu que Lili não tinha perdido a última chance de sua vida. Sua ideia era simples: convencê-la a falar com os objetos e os animais. Lili tinha vergonha do que as pessoas poderiam pensar se ela abrisse a boca para dizer algo. Mas com objetos, animais ou qualquer outro ser da natureza poderia ser diferente.

– Alice, se eu começar a falar com as flores, como você fez no livro, alguém pode ouvir e achar que estou ficando louca.

– Por que você se importa com isso? Pense bem, ficar muda por meses a fio também não parece normal.

Lili prometeu pensar.

– Não tem nada que pensar. Vamos, aceite o desafio. Tente falar com alguma coisa. Acredite, vai ser fácil e divertido. Depois volte pra me contar. Quer uma dica? Quando tudo fica esquisito, eu penso: "Isso é apenas um coelho, uma carta de baralho, um gato maluco! E eu sou uma menina. Uma menina gentil e esperta. Eu sou Alice!".

– Tá bom, tá bom. Você está dizendo isso porque falou com o coelho apressado nas suas aventuras, além da Rainha de Copas, que vivia no País das Maravilhas. E até conseguiu bater papo com o gato que sumia e desaparecia. Mas eu... Eu não consigo.

— Lili, tenho certeza que você consegue. Você é Alice também, e precisa se lembrar disso.

— Quer saber de uma coisa? — disse Lili — Fui!

À noite, a família estava reunida na mesa de jantar. O irmão contou que brigou com um menino na escola, o pai se queixou do trânsito, a mãe perguntou se a sopa de legumes estava boa e Lili... Bem, Lili, para espanto geral, murmurou olhando para a colher de sopa:

— Que delícia! Mas tem que assoprar, senão vou queimar a boca. Tá muito quente. Minha mãe tem mania de colocar sopa fervendo no meu prato.

Com essas palavras, Lili deixou a família boquiaberta por longos segundos. Todos se viraram para ela ao mesmo tempo. Lembrando-se das dicas de Alice, tomou coragem e, calmamente, continuou falando com a colher:

— Eu gosto de sopa de legumes, mas prefiro sopa de letrinhas. Adoro achar as letras do meu nome. É muito divertido!

Mais alguns segundos de silêncio, e o irmão gritou:

— A Lili falou! A Lili falou! Eu sabia que ela não tinha ficado muda!

— Deixe sua irmã em paz! — pediu o pai.

— Você gostou da sopa, Lili? — perguntou a mãe, tentando disfarçar a surpresa.

Mas Lili achou que já tinha falado o suficiente para uma primeira vez e voltou a ficar quieta até a hora de dormir.

Chegando no quarto, contou para Alice o que acontecera. As duas riram muito enquanto Lili descrevia as caras de susto do pai, da mãe e, principalmente, do irmão.

Os dias seguiram assim. Às vezes, alguém escutava a voz de Lili pela casa.

– Estou cansada de apontar vocês! – o irmão ouviu Lili dizer enquanto ela olhava fixamente para os lápis do estojo – As pontas dos lápis de cor deviam crescer sozinhas, como as unhas. E sempre sobram essas lasquinhas que sujam todo o tapete!

No outro dia, foi a vez de o pai ouvir, quando chegava do trabalho:

– Você é minha preferida. A almofada mais macia do sofá. Quanto mais velha, melhor você fica, sabia? Foi a vovó que fez você, todinha de crochê.

A mãe, uma tarde, escutou Lili falar com as flores do vaso da sala:

– Como vocês estão bonitas hoje. É uma data especial? Ah, já sei. É o dia dos namorados. Quando eu tiver um namorado, vou querer ganhar flores lindas assim. Vermelhas, cor-de-rosa, brancas, amarelas. De toda as cores!

Cada vez que ela fazia isso, a família se espantava. Mas Lili parou de se incomodar com os olhares. Pouco a pouco, a vida parecia ter voltado ao normal. Ninguém mais se importava com as conversas esquisitas de Lili. A mãe, o pai e o irmão se acostumaram com sua voz pela casa. Uma hora falando com o Zeco, outra com as flores, depois com os móveis ou os brinquedos.

Às vezes, Lili e Alice ainda se encontravam embaixo da cama para falar sobre as conversas malucas. As duas se divertiam comentando a estranheza das pessoas quando Lili dava boa noite ao sofá e bom dia à escova de dentes.

— Jura que você fez isso, Lili? E você não teve nem um pouquinho de vergonha?

— Nadinha, pode acreditar.

— Eu também falei com cada um... Uma vez, encontrei uma tartaruga. Ficamos horas numa conversa sem pé nem cabeça.

— Boa ideia, Alice! Minha vizinha tem uma tartaruga. Amanhã mesmo vou pedir pra minha mãe se eu posso ir até lá pra falar com a tartaruga dela.

Lili não percebeu o que tinha acabado de dizer: "Vou pedir pra minha mãe". Alice a encorajou:

— Ótimo! Pergunte a sua mãe se você pode ir brincar com a menina e a tartaruga...

Na manhã seguinte, Lili acordou sem saber que aquele era o dia em que, finalmente, voltaria a falar com todo mundo.

Logo cedo, pediu para ir à casa da vizinha. Já acostumada a ouvir sua voz pela casa, sempre conversando com as coisas, a mãe nem ficou surpresa. Deixou e avisou Lili para voltar antes do almoço.

Durante toda a manhã, Lili falou com a tartaruga, pulou corda e amarelinha, brincou de boneca e de muitas outras coisas com a amiga que tinha a mesma idade dela.

O tempo passou e quanto mais falava, menos Lili se importava com o que os outros pensavam dela. E quanto menos se importava, mais tempo ficava sem encontrar Alice.

Até que, um belo dia, Lili falou com todos na casa. Brigou com o irmão porque ele pegou seus lápis de cor sem pedir, contou uma piada ao pai e, para a mãe, pediu que fizesse o delicioso bolo de cenoura.

Para alívio de Lili, desde esse dia, nunca mais alguém a olhou com espanto ao escutar sua voz.

Certa noite, já deitada, olhos para o teto e mãos na barriga, Lili ouviu um zumbido e espiou embaixo da cama. Encontrou Alice pela última vez. As duas se entreolharam por alguns segundos, mas não disseram nada. Alice caminhou devagar em direção à página 45. Ao tocar com o pé o espaço vazio de onde tinha saído, a ilustração ficou completa novamente.

Lili fechou *Alice no País das Maravilhas* e se arrastou para fora. Recostou-se na beira da cama e, por um longo tempo, abraçou o livro com força. Só se levantou quando sentiu o cheirinho do bolo de cenoura com calda de chocolate que sua mãe acabara de fazer.

A autora

Eu nasci em São Paulo, onde vivi toda a minha vida. Fui à escola, brinquei, cresci, tive duas filhas e estudei na USP para me tornar professora. Por isso, mesmo na vida adulta, continuei convivendo com crianças de diferentes idades e participando intensamente do universo infantil.

Entre tantas coisas que gosto de fazer, quando estou com as crianças, as principais são ver livros e contar histórias. Sempre gostei dos livros, e aos poucos, fui criando uma boa coleção na minha casa. Eles estão por toda parte.

Um dia, resolvi que queria inventar e escrever minhas próprias histórias. Busco inspiração na convivência diária com os pequenos e também nas memórias que tenho da minha infância. O melhor de tudo é trazer as lembranças para o presente e perceber que o tempo em que somos crianças é um tempo encantado de nossas vidas.

Cristiana Atihyde

A ilustradora

Nasci no interior de São Paulo, na cidade de Araçatuba; depois me mudei para uma cidadezinha bem pequena chamada Guaiçara, onde adorava brincar nas ruas, nos rios e nas árvores. Gosto de mudanças, já vivi também no Rio de Janeiro e em Ouro Preto. Hoje em dia, moro e trabalho na cidade de São Paulo.

Faço ilustrações para livros e revistas, e dou aulas. Nas ilustrações que crio, uso sempre a técnica da colagem, que pode ser digital ou também feita com tesoura e cola. Na colagem, podemos usar vários recursos visuais, como este que utilizo nas ilustrações de *O silêncio de Alice*: usei imagens criadas em 1865, pelo ilustrador John Tenniel, para os livros *Aventuras de Alice no País das Maravilhas & Através do espelho e o que Alice encontrou por lá*. Assim, podemos ter um vislumbre poético de como seria um encontro entre a personagem Lili, deste livro, e a personagem imaginada pelo ilustrador dos livros de Lewis Carroll.

Sônia Magalhães

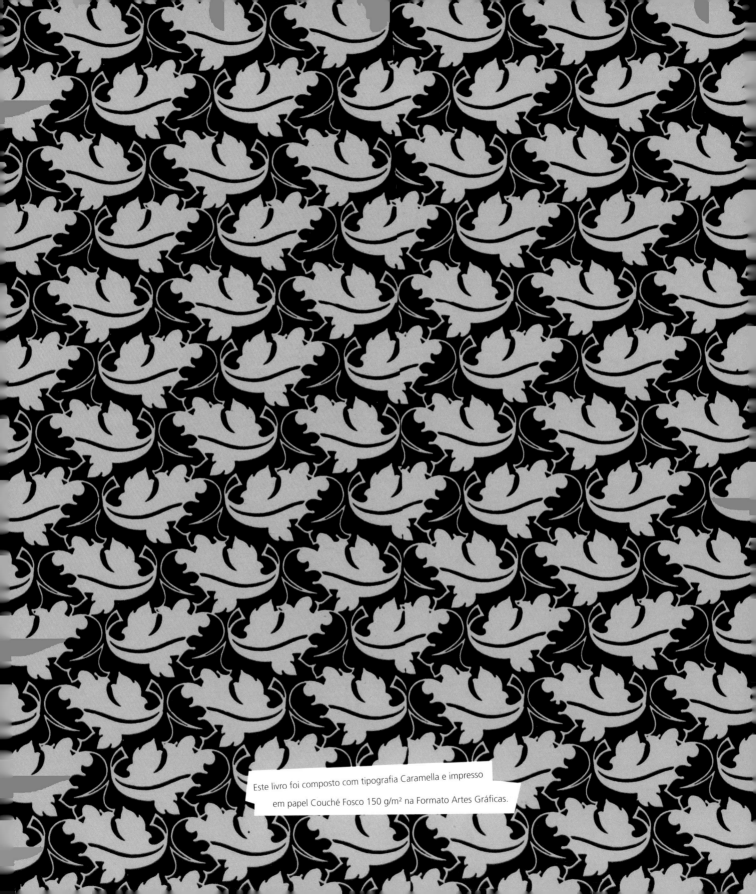

Este livro foi composto com tipografia Caramella e impresso em papel Couché Fosco 150 g/m² na Formato Artes Gráficas.